少年宫美术系列教材

名师教画

素 描

静 物 篇

主编 吴安本　编著 吴安本 李秀云 吴　琦

MASTER TAUGHT PAINTING MASTER TAUGHT PAINTING

北方联合出版传媒（集团）股份有限公司

辽宁美术出版社

图书在版编目（CIP）数据

素描. 静物篇／吴安本主编. —沈阳：北方联合出版传媒(集团) 股份有限公司　辽宁美术出版社，2009.12

少年宫美术教材

ISBN 978-7-5314-4498-5

Ⅰ. ①素…　Ⅱ. ①吴…　Ⅲ. ①静物画–素描–技法（美术）–少年儿童–教材　Ⅳ. ①J214

中国版本图书馆 CIP 数据核字（2009）第 227485 号

出 版 者：北方联合出版传媒（集团）股份有限公司
　　　　　辽宁美术出版社
地　　址：沈阳市和平区民族北街 29 号　邮编：110001
发 行 者：北方联合出版传媒（集团）股份有限公司
　　　　　辽宁美术出版社
印 刷 者：辽宁彩色图文印刷有限公司
开　　本：889mm × 1194mm　1/16
印　　张：4
出版时间：2010 年 1 月第 1 版
印刷时间：2010 年 1 月第 1 次印刷
责任编辑：光　辉　彭伟哲　张思晗　王　楠
装帧设计：吴　琦
技术编辑：鲁　浪　徐　杰　霍　磊
责任校对：黄　鲲
ISBN 978-7-5314-4498-5

定　　价：20.00 元

邮购部电话：024-83833008
E-mail：Lnmscbs@163.com
http：//www.lnpgc.com.cn
图书如有印装质量问题请与出版部联系调换
出版部电话：024-23835227

作者介绍

吴安本，中国小艺术家联合会理事，著名中国少儿艺术教育名师（2004年被中国少儿艺教网评为艺教名师、2008年被教育部校外教育委员会评为美术教育名师），从事少儿美术教学三十余年，所编著的少儿学画教材受到教师及家长的认同与好评，成为畅销的少儿美术教材之一。教学中采用科学的教学方法，从兴趣入手，寓教于乐。形成了独具特色的教学体系。学生在学习美术的同时，开发培养了自己的想象力、创造力、观察力、空间思维等自身的潜在能力，使他们的综合素质在学习美术中得以提高与增强，并为学生从儿童画到专业绘画的自然过渡奠定了基础。多年来，有一大批学生在国内外少儿绘画比赛中分别获得金、银、铜奖。还有许多的学生通过进一步学习考入了专业艺术院校，也有许多学生已经成为优秀的艺术人才及大、中、小学的美术教师。

写在前面的话

　　"素描"是单一颜色的绘画方式，是一切造型艺术的基础。但如果用专业化的素描教学方法去教年龄较小的孩子，从儿童画一下子转为较专业的又很枯燥的素描训练，孩子们面对着冰冷的几何形体、坛坛罐罐和难以理解的素描理论法则，许多的孩子难以理解与把握，许多平时儿童画画得非常好的学生，在转入写实素描的过程中，会在初学时因缺少信心或受到挫折而掉队。许多很有希望的孩子，就此也终止了他们的艺术追求。如何开展符合儿童心理发展规律的素描教学，正是这本《少年宫美术系列教材——名师教画——素描》教材出版的目的。

　　本教材的特点是把素描专业化的术语，结合具体的教学内容，转化成儿童语言进行讲解，把素描造型的基本要素，简化为通俗易懂的语言。强调自然现象的特征，适当了解形体结构、比例、透视等理论，充分考虑儿童的接受能力，采用循序渐进、趣味引导的方法。多临摹，适当结合写生练习，并通过观察、联想来有创意地提炼生活情节，鼓励孩子们带有趣味性主题情景的创意绘画，强化其想象及个性特征。

　　本教材的课题的设计与选择，多挑选孩子们喜欢并熟悉的事物和场景，以使他们产生强烈的表现欲望，用素描的技能表达自己的情感，鼓励在掌握素描要素基础上画出多样性和创新意识的作品。

　　在少儿美术转型的阶段确实有其独特的规律性，只要依照儿童的生理、心理特征设计出一套切实可行的教学方法，孩子们都是会愉快接受的，他们这一时期的作品中，也不乏会有富有想象力和表现力的趣味创意佳作出现，同时也为今后更专业的素描训练打下良好的基础。

作者

2009年8月

目录

作者介绍…………………………………… 3

写在前面的话……………………………… 4

线条练习…………………………………… 6

第1课　单个物体的构图 ………………… 8

第2课　两个同样物体的构图 …………… 9

第3课　三个同样物体的构图 …………… 10

第4课　多个相关物体的构图 …………… 11

第5课　几何形体·正方体 ……………… 12

第6课　正方体的1/4切挖 ……………… 13

第7课　几何形体·球体 ………………… 14

第8课　球体的1/4切挖 ………………… 15

第9课　几何形体·圆柱体 ……………… 16

第10课　几何形体·圆锥体……………… 17

第11课　几何形体·长方体与四棱锥…… 18

第12课　几何形体·棱锥、棱柱………… 19

第13课　单个物体练习——化妆品包装盒… 20

第14课　字典……………………………… 21

第15课　智力玩具——魔方……………… 22

第16课　粉笔盒与板擦…………………… 23

第17课　长方体牛奶盒…………………… 24

第18课　礼品盒…………………………… 25

第19课　大苹果…………………………… 26

第20课　工艺娃娃………………………… 27

第21课　伊丽莎白瓜……………………… 28

第22课　大白梨…………………………… 29

第23课　伊丽莎白瓜与枇杷……………… 30

第24课　莲蓬……………………………… 31

第25课　小药瓶…………………………… 32

第26课　牛奶与蛋糕……………………… 33

第27课　组合文具盒……………………… 34

第28课　绘画颜料………………………… 35

第29课　电筒与电池……………………… 36

第30课　手纸与香皂……………………… 37

第31课　星星月亮………………………… 38

第32课　小小工艺品……………………… 39

第33课　棉手套…………………………… 40

第34课　一串葡萄………………………… 41

第35课　火柿子…………………………… 42

第36课　西瓜……………………………… 43

第37课　削皮苹果………………………… 44

第38课　橘子……………………………… 45

第39课　大香蕉…………………………… 46

第40课　红石榴…………………………… 47

第41课　红萝卜、绿萝卜、胡萝卜……… 48

第42课　角瓜与芋头……………………… 49

第43课　装满梨的大碗…………………… 50

第44课　小柿子…………………………… 51

第45课　小葫芦…………………………… 52

第46课　杯子与小碟子·结构素描……… 53

第47课　两个陶罐·结构素描…………… 54

第48课　柠檬与咖啡……………………… 55

第49课　沙锅与辣椒……………………… 56

第50课　不锈钢锅与苹果………………… 57

第51课　陶罐与洋葱……………………… 58

第52课　酒瓶与酒杯……………………… 59

第53课　坛子与瓶子……………………… 60

作品欣赏…………………………………… 61

线条练习

平行线、交叉线

铅笔素描是用各种不同的线条组成的。我们开始学习素描时，首先应当掌握各种线的画法，这样才能使我们运用各种不同的线条来表现所要描绘的景物。控制运笔的速度，控制线条的轻重，疏密，是练好线条的关键。

铅笔素描中弧线的运用，可较好地表现物体的转折起伏，给人以圆润之感。用什么样的线条，应以物体的形象特征来定，不可千篇一律地照搬。

　　同样的物体处在不同的位置时，会出现许多视觉上的变化，这种变化用绘画的法则来讲就叫透视现象。与画者眼睛等高的水平线叫视平线。凡同样的物体近大远小，近实远虚。视平线上方的物体近高远低，视平线以下的物体近低远高。平行透视：方形物体有一个面与画面平行时，产生的透视现象叫平行透视。所有与画面垂直的线延长后都消失到视平线上的一点——心点。

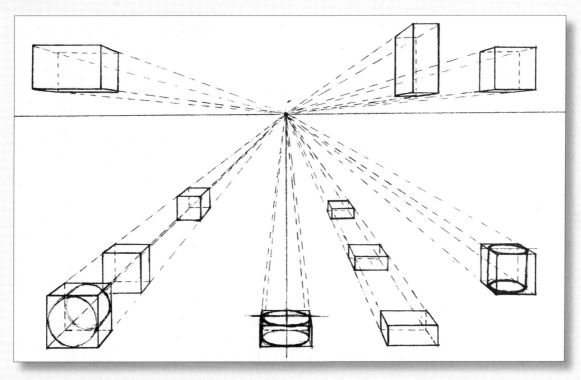

　　成角透视：方形物体与画面成一定角度时，产生的透视现象叫成角透视。成角透视有两个消失点分别消失在视平线心点的两侧。

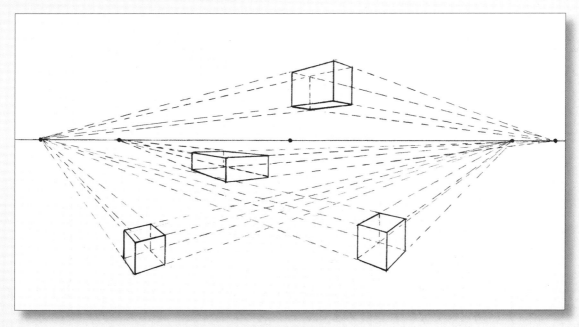

第1课　单个物体的构图

1.比较恰当。

课前提示：许多学生在初学绘画时，总是把物体画得很小，而有的学生则把物体画得太大。有的学生喜欢把物体放在中间，这样画面不是显得空洞无物，就是显得呆板闷塞。因此，构图在绘画中是十分重要的。

2.物体偏右下。

3.物体太正又太小。

4.物体太正又太大了。

5.物体偏左了。

第2课 两个同样物体的构图

课前提示：这是有一定难度的构图，在一张画面上，两个同样的物体也要分出主次、前后、虚实来，这样的构图才会有变化的美感。

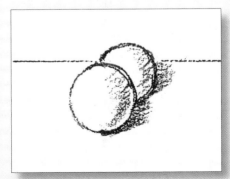

1.物体重叠过多。

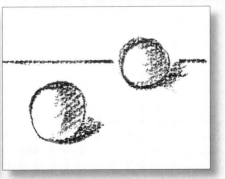

2.物体没有变化。　　　　3.物体太散。

第3课 三个同样物体的构图

课前提示：三个同样物体构图要比不同样的三个物体更有难度，构图时要注意三个物体的疏密、大小前后虚实等关系。这样画面才会有变化的美感。

1. 较好的构图

2. 构图太直、呆板。

3. 没有疏密变化。

4. 形成倒三角，不稳定。

第4课　多个相关物体的构图

课前提示：多个相关物体的构图应选择一个主体为中心，再选出几件与主体相关的物体作为衬体，构图时应考虑物体间的大小、高低、方圆、位置、虚实、疏密等关系，使画面均衡统一，具有美感。

1.物体有主有次、有聚有散，是较为完美的构图。

2.物体整体偏上，构图应往下些。　　3.物体整体偏下，构图应往上些。　　4.物体主次不明确，应突出一个主体。

第5课　几何形体·正方体

课前提示：几何形体的练习是学习素描的基础课。学习好几何形体的透视、结构、明暗规律，对学习静物素描等有着深刻的指导意义。所以大家应认真学习并掌握每个形体的绘画方法，为今后学习静物素描打下坚实的基础。

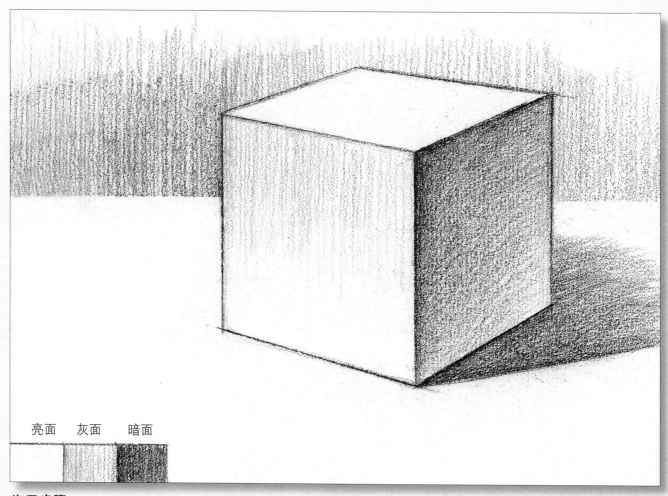

亮面　　灰面　　暗面

作画步骤

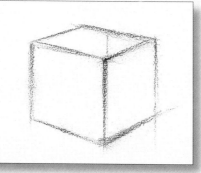

1. 应用学过的构图知识安排正方体的位置。

2. 用透视规律检验形体每个面的视觉变化是否正确。

3. 涂调子时注意形体黑白灰三大面的明度变化。

第6课　正方体的1/4切挖

课前提示：正方体切挖的练习，除对绘画能力的训练之外，对学生立体思维及空间想象训练也很有帮助，学画时要注意切下的物体应与原来的大小相同。

作画步骤

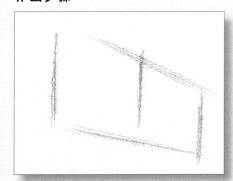

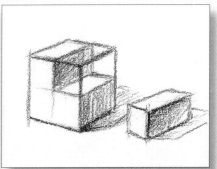

1.构图时应把整个的正方体放在画面主要位置。

2.画出正方体的具体形状与切挖下的小长方体。

3.涂出大的明暗调子。

第7课　几何形体·球体

课前提示：球体是几何形体中较有难度的素描形体练习。球体表面上各点到球心的距离相等，它的明暗调子丰富，变化柔和，明暗交界线不是单纯的一条线，而是与灰面、反光面自然过渡的一个面。明暗交界线是刻画球体的关键。球体上的明暗关系依次为：亮面、灰面、明暗交界线、反光及投影，也称明暗五大调子。

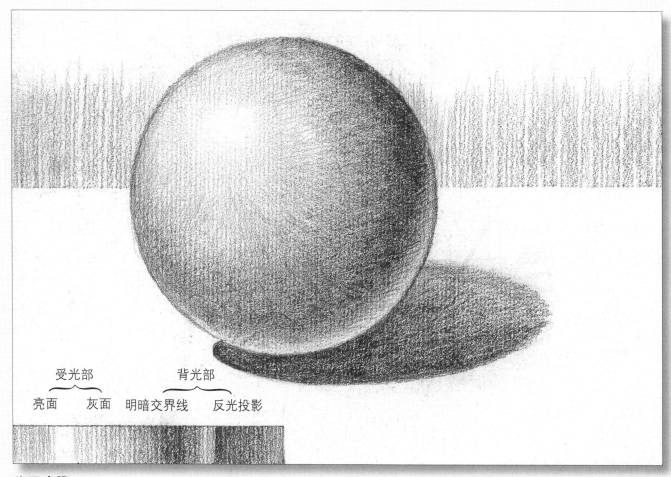

受光部　　　　背光部

亮面　　灰面　明暗交界线　反光投影

作画步骤

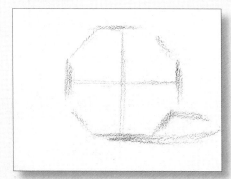

1.画出球体的位置，注意各点到球心的距离应相等。

2.画出球体的轮廓线后，涂画球体的明暗交界线。

3.涂画球体的灰调子部分，注意灰度的变化。

第8课　球体的1/4切挖

课前提示：球体的切挖素描练习，可使学生了解球体的内部结构，但是一个学习上的难点，让学生多观察实物模型，这样会对学生理解物体的空间变化大有帮助。

作画步骤

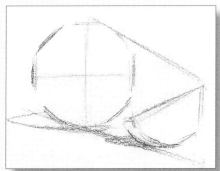

1.画出球体及1/4球的位置。

2.画出球体切掉的部分。

3.涂出大的明暗后再深入刻画。

第9课 几何形体·圆柱体

课前提示：圆柱体为轴对称形体，起稿时首先要画出中心线，要注意两端圆面的透视变化，圆面的转折应为弧线，不要画得太尖。

作画步骤

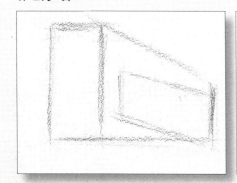

1. 画出圆柱的基本形状及位置。

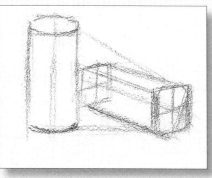

2. 画出两端的圆面。

3. 涂画明暗交界线及大的明暗关系。

第10课 几何形体·圆锥体

课前提示：圆锥体的表面呈曲面形态，是底面为圆形的中心对称形物体。学画时画好两边的斜度及锥体的明暗变化。

锥体周围摆放的榛子可理解为锥形物体，可参考锥体的画法来画。

作画步骤

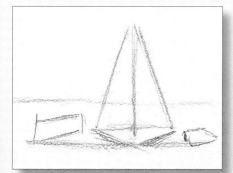

1.画出圆锥体的位置及基本形状。

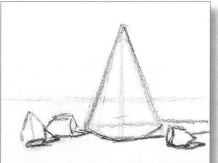

2.把圆锥及果实画出具体形状。

3.找出明暗交界线画出大的明暗关系。

第11课　几何形体·长方体与四棱锥

课前提示：长方体是日常生活中最常见的物体，四棱锥是在长方体的基础上切割而成的，学画时透视的准确是本课的重点，锥体的明暗对比应强一些。

作画步骤

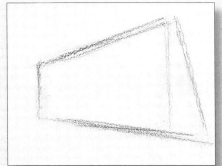

1.首先安排两个物体的位置。

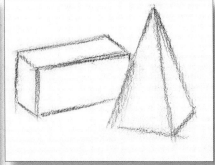

2.画出具体形状。

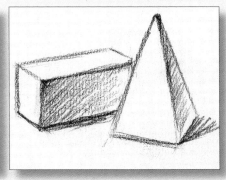

3.涂出大的明暗。

第12课 几何形体·棱锥、棱柱

课前提示：棱锥与棱柱是在圆锥与棱柱的基础上切割而成的。一般分为四棱、五棱、六棱，学画时要注意物体的透视变化及明暗变化。

作画步骤

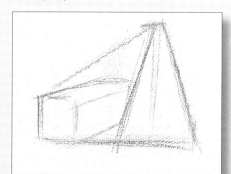

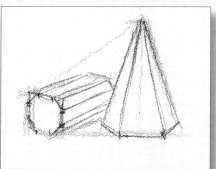

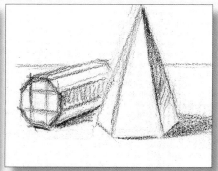

1.画出棱锥与棱柱的位置。　2.画出棱锥与棱柱的棱，注意变化。　3.涂出大的明暗。

第13课 单个物体练习——化妆品包装盒

课前提示：初学素描时，所画物体不要求多，也不要太复杂，应从单物体画起。这种学习方法使所画物体有充分的时间被分析、理解，研究表现方法，当单个物体能画好了，再去画两个或多个物体时就能做到心中有数了。

作画步骤

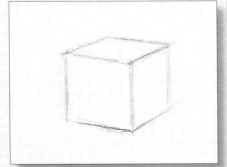

1.画出盒子的基本形状。

2.画出盒子的图案。

3.画出大的明暗关系。

第14课 字典

课前提示：字典为长方形物体，本课的范画为精装字典，字典的厚度为弧线造型，是学画的难点。要把厚度的弧线画准确，暗面的纸为白色，不要画得太重。

作画步骤

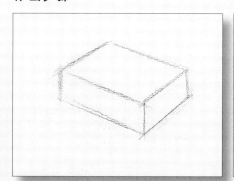

1.画出字典的基本形状。

2.画出字典的文字和装饰等。

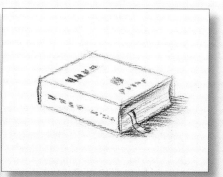

3.画出字典大的明暗。

第15课　智力玩具——魔方

课前提示：魔方为正方体智力玩具，旋转时几种颜色交织变化，很是好看。写生绘画魔方时，除画好构图、透视外，还要处理好几大面的明度和色彩感觉。画面下方为色彩明度表，可作为涂调子的参考。

白　黄　橙　红　蓝　绿　紫

作画步骤

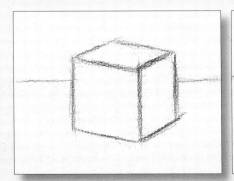

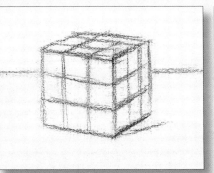

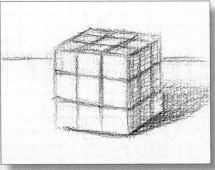

1.画出魔方的形体位置。

2.分割魔方的格子。

3.涂出大的明暗。

第16课　粉笔盒与板擦

课前提示：本课为方形物体的成角透视。粉笔盒为正方体形状，板擦为两个长方体的组合。学画时应注意两个物体的摆放方向，并要注意物体的透视变化。

作画步骤

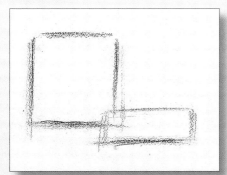

1.画出粉笔盒与板擦的基本位置。

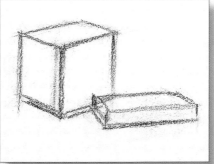

2.按成角透视规律画出具体形状。

3.涂画大的明暗，注意暗面的明度变化。

第17课　长方体牛奶盒

课前提示：牛奶盒为长方体，学画时应注意构图与盒子的透视变化。临摹后应选择相同的奶盒或其他盒子进行写生练习。这样临写结合才会有更快的进步。

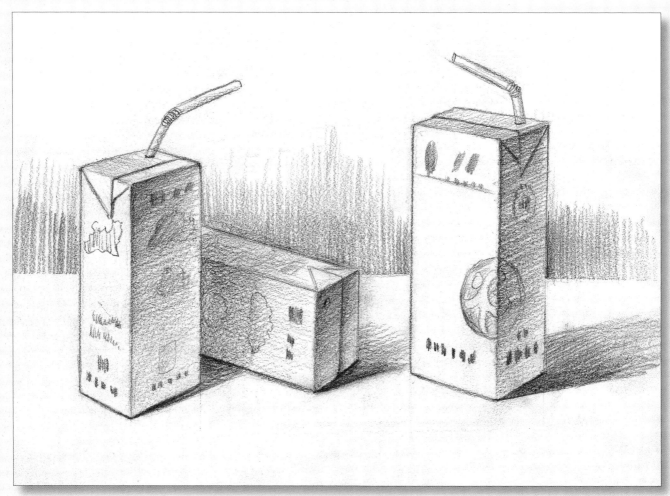

作画步骤

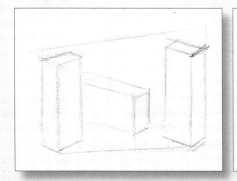

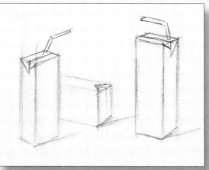

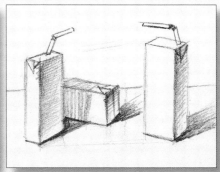

1.画出几个盒子的位置、形状，透视应准确。

2.画出盒子的细节及吸管。

3.涂出盒子大的明暗调子。

第18课　礼品盒

课前提示：礼品盒是正方形体练习中比较有难度的绘画。为使画面生动而有情调，画面除增加了礼品花外，礼品盒上还缠绕了一条有韵律的彩带，使画面静中有动，也使画面显得很有美感。

作画步骤

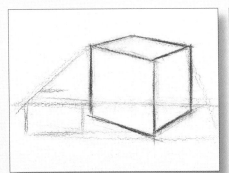

1.画出礼品盒的位置形状。

2.画出彩花彩带的位置形状。

3.画出礼品盒的条纹及大的明暗。

第19课　大苹果

课前提示：苹果是营养丰富的球形水果，绘画时应按照球体的明暗规律去表现球体明暗，苹果把下面的窝是绘画的难点，应认真观察再去表现。

作画步骤

1.画出苹果的基本形状。　　2.画出明暗交界线及大的明暗。　　3.丰富明暗调子。

第20课　工艺娃娃

课前提示：毛线绒织品是人们非常喜爱的工艺品，它给人们的生活增添了许多的乐趣与温馨。学画时可把娃娃的身体理解为圆柱体，头上的帽子为半球体，要注意毛线质感的表现。

作画步骤

1.画出娃娃的位置形状。

2.画出娃娃的五官和帽子。

3.画出针织花纹及明暗。

第21课　伊丽莎白瓜

课前提示：伊丽莎白瓜体基本形为球体，构图时瓜体应偏左些，因瓜的右侧有瓜柄，这样可使画面均衡。但刻画时必须画出瓜体所特有的形体特征，如瓜头部及瓜柄的特点都应表现得恰到好处。瓜体的明暗线条应与瓜身纹理有机结合，这样才有利于形体的表现。

作画步骤

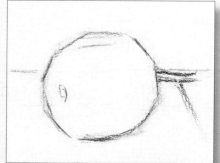

1.画出瓜体的位置、形状。

2.画出瓜体的明暗交界线。

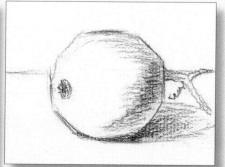

3.涂画大的明暗时，注意瓜体纹理走向的表现。

第22课　大白梨

课前提示：大白梨甜脆解渴，为球形物体。学画时应注意构图中同样物体的聚散、横竖等处理。梨把儿的刻画也很重要，作画时不可忽略。

作画步骤

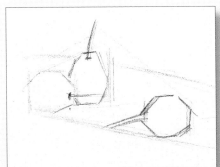

1.用虚笔画出三个梨的位置及基本形状。

2.画出每个梨的特征及大的明暗关系。

3.丰富梨及环境的明暗色调。

第23课　伊丽莎白瓜与枇杷

课前提示：本课的水果为球形物体，瓜为主体。枇杷一横一竖，一前一后，使画面产生了变化的美感。学画时要运用球体的明暗规律去表现物体的明暗变化。

作画步骤

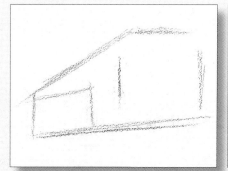

1.画出三个水果的位置。

2.画出水果的具体形状。

3.涂画水果的大的明暗，果把儿的特征应认真刻画。

第24课 莲蓬

课前提示：三个同样的莲蓬，怎样让人感觉出来很美，构图是关键。要充分展示莲蓬的各个角度及各面的特征。莲蓬可理解为漏斗的形状。

作画步骤

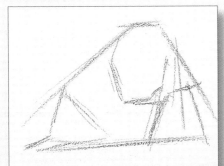

1.画出莲蓬的基本位置。

2.画出莲蓬的具体形状。

3.画出莲蓬的纹理及大的明暗。

第25课 小药瓶

课前提示： 两个药瓶几片药片都是圆柱形物体，学画时应利用圆柱体的透视规律、明暗规律去把握指导本课的素描练习，才会画得更准确，更真实。

作画步骤

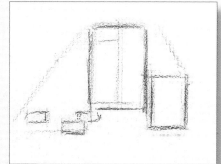

1.画出瓶子和药片的基本位置。

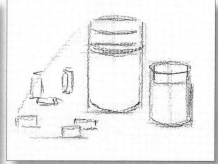

2.画出瓶子及药片的具体形状。

3.涂画明暗时注意明暗交界线的位置。

第26课 牛奶与蛋糕

课前提示：一杯牛奶，一块蛋糕，构成了一幅营养早点的画面，画牛奶时应注意表现透明的杯子与白色牛奶形成的对比关系，要注意盘子和蛋糕透视的变化。

作画步骤

1.画出杯盘的位置。

2.画出杯盘及蛋糕的具体形状。

3.涂画物体大的明暗后细致刻画每个物体。

第27课 组合文具盒

课前提示：这是由圆柱体切挖而成的组合文具盒。起稿时要注意先用直线画出大的形体状态与各部比例，然后再分画出各部的具体形体结构，即先直后曲，先方后圆，先整体后局部。圆面的变化应符合透视规律。

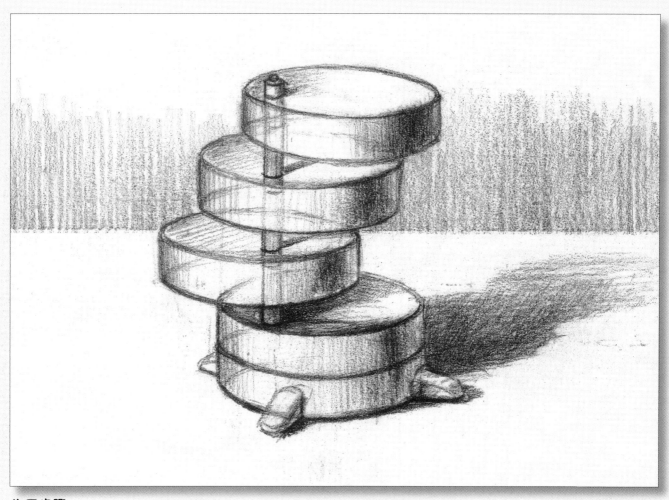

作画步骤

1.画出文具盒的位置形状。

2.分别画出每一层小的圆柱体。

3.画出明暗交界线。

第28课　绘画颜料

课前提示：几支软管广告色和两个广告色瓶组成了一幅静物画。画面中的物体通过近实远虚、强弱变化等处理方法，很好地表现了物体的空间感及质感。学画时应注意物体的构图及透视变化。

作画步骤

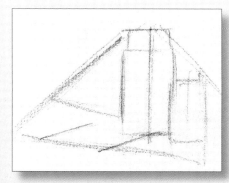

1.画出几件物体的基本位置，比例应准确。

2.画出物体的具体形状。

3.画出物体的明暗交界线及大的明暗。

第29课 电筒与电池

课前提示：电筒与电池均为大小不同的圆柱体，可利用前面学过的圆柱的透视、明暗等规律来画好电筒和电池，构图时应注意几个物体的大小比例。

作画步骤

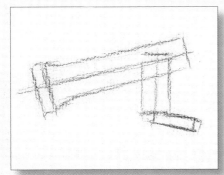

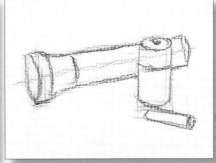

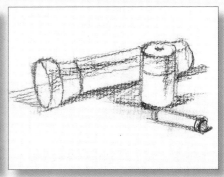

1.画出电筒电池的位置、形状。

2.画出电筒电池的具体结构。

3.找出明暗交界线，涂画大的明暗。

第30课　手纸与香皂

课前提示：一方一圆的两卷手纸是本课的静物主体，香皂及皂盒为衬体，组成了一幅生活用品的画面，学画时需把手纸的白色表现出来，不要画黑了。

作画步骤

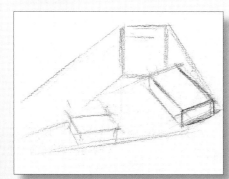

1.画出几件物体的位置、大小，注意物体的透视变化。

2.画出物体的具体形状及结构。

3.用较虚的笔画出物体的明暗交界线。

第31课　星星月亮

课前提示：利用绒毛布制作的工艺饰品非常惹人喜欢，给人们的生活增添了浪漫情调。学画时轮廓线不要画得过重，注意绒毛的表现方法。眼睛应仔细刻画。

作画步骤

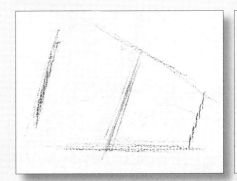

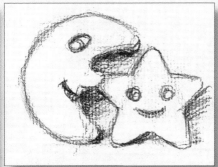

1.画出月亮、星星的位置。　　2.画出月亮、星星的具体形状。　　3.表现绒毛的质感及明暗。

第32课　小小工艺品

课前提示：小小的工艺饰品摆在你的床头桌边也能给你带来几分快乐与惬意。本课的工艺娃娃在圆塔状形体的基础上装饰而成的。学画时要把头上帽套的毛线表现好，要有蓬松感。小鹿要分析好每部分的形体形状，画时才会心中有数。

作画步骤

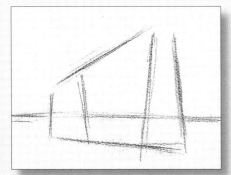

1.画出两个工艺品的位置、基本形状。

2.画出物体各种结构。

3.设计明暗交界线并涂出大的明暗关系。

第33课　棉手套

课前提示：这是一副棉手套，一反一正形成了构图的变化。画这副棉手套时，除了画准手套的形体以外，还要刻画好手套松紧褶皱等，注意线条的表现方法。画出松软的感觉来。

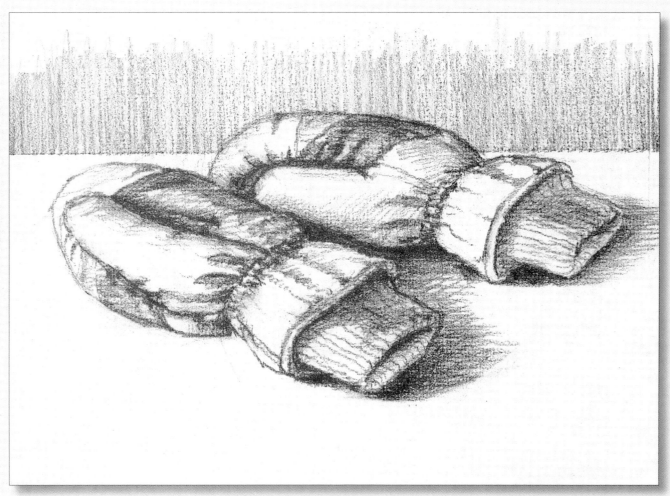

作画步骤

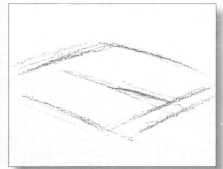

1.画出手套的位置。

2.画出手套的基本形状。

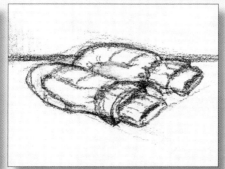

3.把手套的褶皱刻画出来。

第34课　一串葡萄

课前提示：一串水晶般的葡萄，不免让人产生口水，葡萄为多个小球体组合的成串水果。学画时要注意果子前后穿插、遮挡关系。前面的果子应画得细致，后面的应画得虚一些。

作画步骤

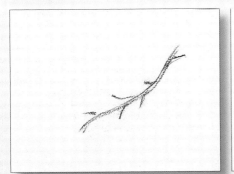

1.画出葡萄的把柄。

2.从前往后依次画出葡萄的果粒。

3.找出明暗交界线并画出大的明暗。

第35课　火柿子

课前提示：火柿子的基本形体像鸡心状。本课作业是以线为主的略涂明暗的表现形式，学画前应多观察形体特点，切忌涂涂改改，以使水果有鲜亮水润之感。

作画步骤

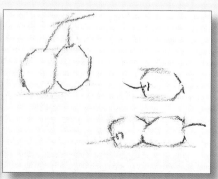

1.画出火柿子的位置，注意构图变化。

2.画出火柿子的具体形状。

3.涂画明暗。

第36课　西瓜

课前提示：西瓜是营养解暑的球形水果。切开的块一般为棱锥状。学画时要注意主体西瓜与切开西瓜的位置及形状，涂调子时要注意瓜纹应符合生长规律。

作画步骤

1.画出西瓜的位置及形状。

2.画出瓜纹的走向及明暗交界线。

3.画出瓜纹的具体形状并注意瓜纹的透视变化。

第37课　削皮苹果

课前提示：削皮苹果——苹果为球状的水果，削过皮后苹果的明暗变化十分清晰，对初学素描者把握苹果的明暗变化很有帮助，一条削下来的皮增加了画面的动感，也为画面增添了几分情趣。

作画步骤

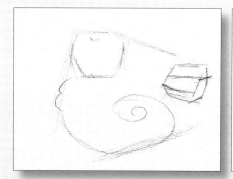

1.画出苹果的位置、形状。

2.分析削果皮的走向，果皮在画面上要自然流畅。

3.画出苹果大的明暗关系。

第38课　橘子

课前提示：两个完整的橘子和一个剥开的橘子使画面产生变化并富有情调。学画时要注意把握橘子大的明暗关系及橘子瓣对橘子的影响。

作画步骤

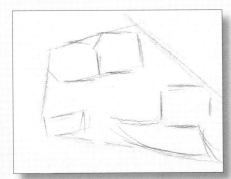

1.画出橘子的位置及基本形状。　2.画出橘子的特征细节及明暗交界线。3.画出橘子大的明暗调子。

第39课　大香蕉

课前提示：香蕉为热带水果，为圆柱状。蕉皮有六个棱，也可理解为棱柱形。学画时应理解香蕉的内外结构，充分理解后才会画得更真实。扒开的蕉皮画得要有柔软的感觉。

作画步骤

1.画出香蕉的位置及基本形状。

2.分出香蕉的各个体面。

3.涂画明暗交界线及大的明暗调子。

第40课　红石榴

课前提示：石榴为不规则的球状果实，里面有宝石般的种子，学画时应把握好球状物体的明暗规律，并要把球状果子的面与面的转折充分地表现到位。同时也要把石榴皇冠状的花托刻画好。

作画步骤

1.安排好石榴的位置及石榴的大小变化。

2.画出石榴的基本特征，确定石榴的明暗交界线。

3.丰富明暗调子，并刻画石榴的细节特征。

第41课　红萝卜、绿萝卜、胡萝卜

课前提示：萝卜是对人体非常有益的蔬菜之一，红萝卜为球状，绿萝卜为圆柱状，胡萝卜一般为圆柱与圆锥结合的形状。学画时除基本形状的刻画外，还应该注意物体固有颜色的表现。

作画步骤

1.画出几个萝卜的位置、大小、形状。

2.画出每个萝卜的特征。

3.找出明暗交界线，涂画大的明暗关系。

第42课　角瓜与芋头

课前提示：角瓜和芋头是蔬菜之一，并很有营养。角瓜可理解成一个有棱的圆柱体，芋头可理解为部分球状体和锥体。学画时应抓住这些特征，并把芋头的纹理刻画好。

作画步骤

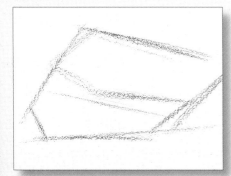

1.画出角瓜与芋头的位置。

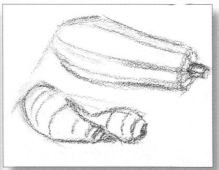

2.画出角瓜与芋头基本形状。

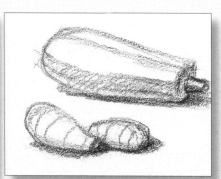

3.涂出大的明暗关系。

第43课 装满梨的大碗

课前提示：画面中用一大碗将多个梨子放入其中，学画时应注意每个梨的角度变化，碗外的梨不要画得太远，要与碗中的梨相呼应。

作画步骤

1.画出碗与梨的位置。

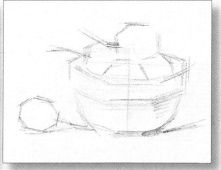

2.画出碗与梨的具体形状。

3.涂出大的明暗关系。

第44课　小·柿子

课前提示：这种小西红柿的形体基本上为椭圆形，但靠近把的部分有一些凹沟。学画时应注意画面的构图，柿子的大小变化、前后关系及每个柿子的特征刻画。

作画步骤

1.整体安排小西红柿的位置，注意盘中柿子摆放的遮挡关系。

2.画出柿子的形状特征。

3.涂出大的明暗关系。

第45课 小·葫芦

课前提示：几个相同物体组合的画面，构图上有一定的难度。要画出相同物体大小、形状的细微差异，才能使画面有感染力，同时构图要注意聚散、横竖等构图因素。葫芦可以理解为两个球形物体串在一起，这样形体就容易把握了。

作画步骤

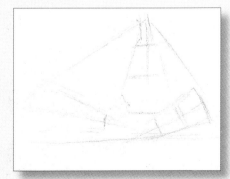

1.画出三个葫芦的基本位置及整体之间的相互关系。

2.画出每个葫芦的基本形状。

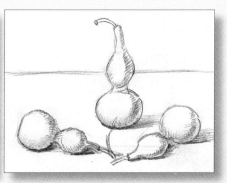

3.画出明暗交界线，再涂出物体大的明暗，最后细致刻画。

第46课 杯子与小碟子·结构素描

课前提示：本课的作业是以物体结构为主的素描训练，在分析物体的结构组合时，应根据物体的透视规律去考虑，并把物体当做透明的物体去表现。这样物体的结构组合就明确地表达出来了。

作画步骤

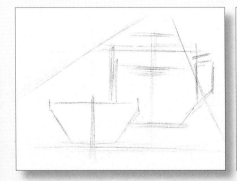  

1.画出两个物体的基本位置与相互之间的比例关系。

2.画出两个物体的基本形状。

3.把物体的形状画具体，并分析出杯碟底部的位置，画出明暗交界线。

第47课 两个陶罐·结构素描

课前提示：两个陶罐一高一低，一粗一细。学画时应首先观察两个物体之间的比例，然后再考虑每个物体的自身比例，学画应根据圆形物的透视规律，画出不同位置图面的变化。这样物体每部分的结构才能画准确。

作画步骤

1.画出两个物体的位置及相互之间的比例关系。

2.画出物体的基本形状，并分析出陶罐的结构关系。

3.准确地表达物体的形状并画出明暗交界线及大的暗面。

第48课 柠檬与咖啡

课前提示：这是一幅以咖啡瓶为主体，柠檬与方糖为衬体的静物练习，构图时应注意物体间的相互关系，安排好主体衬体的位置，方糖放置应自然。

作画步骤

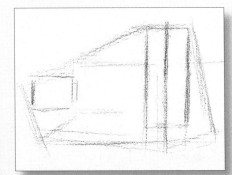

1.画出咖啡和柠檬的位置、大小。

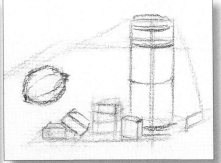

2.画出糖块的具体位置、形状。

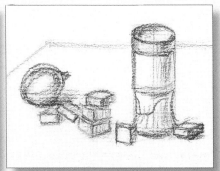

3.画出物体的明暗交界线。

第49课　沙锅与辣椒

课前提示：沙锅能烹制出美味的佳肴，是人们生活中的必备炊具之一。学画时安排好主体沙锅的位置，沙锅不要画得太小，要画好沙锅的结构及透视变化，辣椒的摆放要注意聚散变化。

作画步骤

1.画出沙锅的位置。

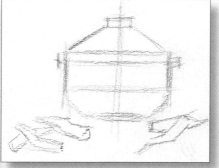

2.把沙锅的基本形状、比例用直线画出来。

3.画出沙锅、辣椒的具体形状及大的明暗关系。

第50课 不锈钢锅与苹果

课前提示：不锈钢锅体光亮反射强烈，学画时不要把看到的所有反射光都画出来，要把对形体有意义的表现出来。暗部的反光不要画得太亮。

作画步骤

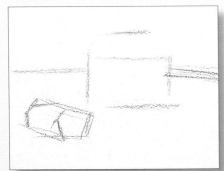

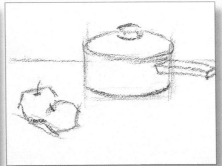

1.画出锅及苹果的位置。　　　　　2.画出锅及苹果的基本形状。　　　　3.涂出大的明暗关系。

第51课 陶罐与洋葱

课前提示：陶罐为陶泥所制，表面较为粗糙，反光较弱。洋葱为球状物体，表面光滑并有纹理，学画时注意表现以上特点。

作画步骤

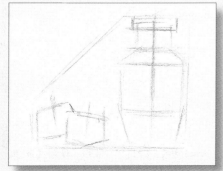

1.画出陶罐、洋葱的形状、位置。　2.把陶罐、洋葱的形状画具体。　3.涂出大的明暗关系。

第52课　酒瓶与酒杯

课前提示：酒瓶可以理解为圆柱体或圆锥体的一部分。商标及瓶口的包扎部分应与瓶子内部的形状结合好。刻画时应有耐心。

作画步骤

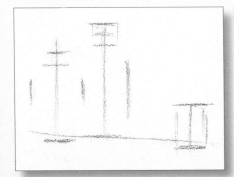

1.画出酒瓶酒杯的位置，注意比例关系。

2.把酒瓶的形状画具体。

3.涂画大的明暗关系。

第53课 坛子与瓶子

课前提示：这是一组生活气息较浓的静物组合。坛子应理解为球状物体，瓶子应理解为圆柱形物体，大蒜应理解为圆柱形物体，作画时应始终把握大的形体来画。

作画步骤

1.画出物体的位置及形状。　　2.把物体的结构画具体。　　3.涂画大的明暗关系。

作品欣赏

《一盘苹果》 王　璐　9岁

画面表现了多个小苹果与一个大个苹果的对比。小苹果的摆放显得略缺少变化，如果变化再丰富些，画面会更加好看。

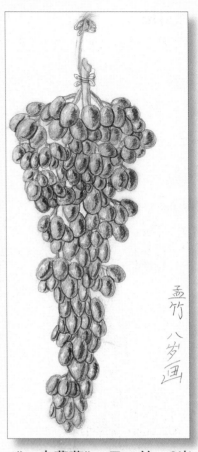

《一串葡萄》 孟　竹　8岁

一串大大的葡萄，笔法概括、自信，富有美感。充分地显示出小作者对葡萄观察理解及表现得都十分准确到位。

《玉米与高粱》 赵　静　12岁

几穗玉米刻画得很符合生长规律，也显得很有耐心。高粱穗的米粒表现得也很得当，是一副较好的写生绘画作品。

《老窝瓜》 韦冰晨 10岁

　　一个老窝瓜周围摆放了许多的小窝瓜，小窝瓜像是老窝瓜的小宝宝，窝瓜的特征表现得也很得当。

《火柿子》 关博文 10岁

　　这是一幅单一静物的素描练习，画面的柿子有聚有散，很符合构图的基本法则，物体很有立体感。

《大西瓜》 许灿阳 9岁

　　一个圆圆的大西瓜和几块切开的西瓜，构成了画面的主题。西瓜的瓜纹画得很符合生长规律，切开的西瓜画的感觉也很甜。

《几串葡萄》 王一寒 8岁

　　几串葡萄的粒表现得很有立体感也很晶亮，是一幅很好的作品。

《啤酒与木瓜》 张子鸣 9岁

　　本幅作品构图完美。瓶子、杯子的玻璃质感表现得也很得当。木瓜及瓜子表现得也很真实，是一幅非常好的作品。

《静物》 邵 辰 13岁

　　该幅静物构图高低错落很有变化，几件物品也有许多的内在联系，每件物品画得也很到位，空间的虚实处理也很得法。

《静物》 吴 琦 13岁

　　该幅作品构图较为完美，菜墩及大蒜表现得较为生动，瓶罐的透视有些不准。应予注意。

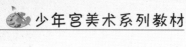

该幅作品用的线条表现了工艺兜子的毛线质感，康乃馨花瓣表现得也很有层次，是一幅很有欣赏价值的作品。

《兜子与康乃馨》 于 淼 10岁

该生把方中有圆的彩玉作品从形状到纹理刻画得惟妙惟肖，笔法细腻、娴熟，能看出该生有较高的专业素养。

《彩玉与山竹》 王 璐 10岁